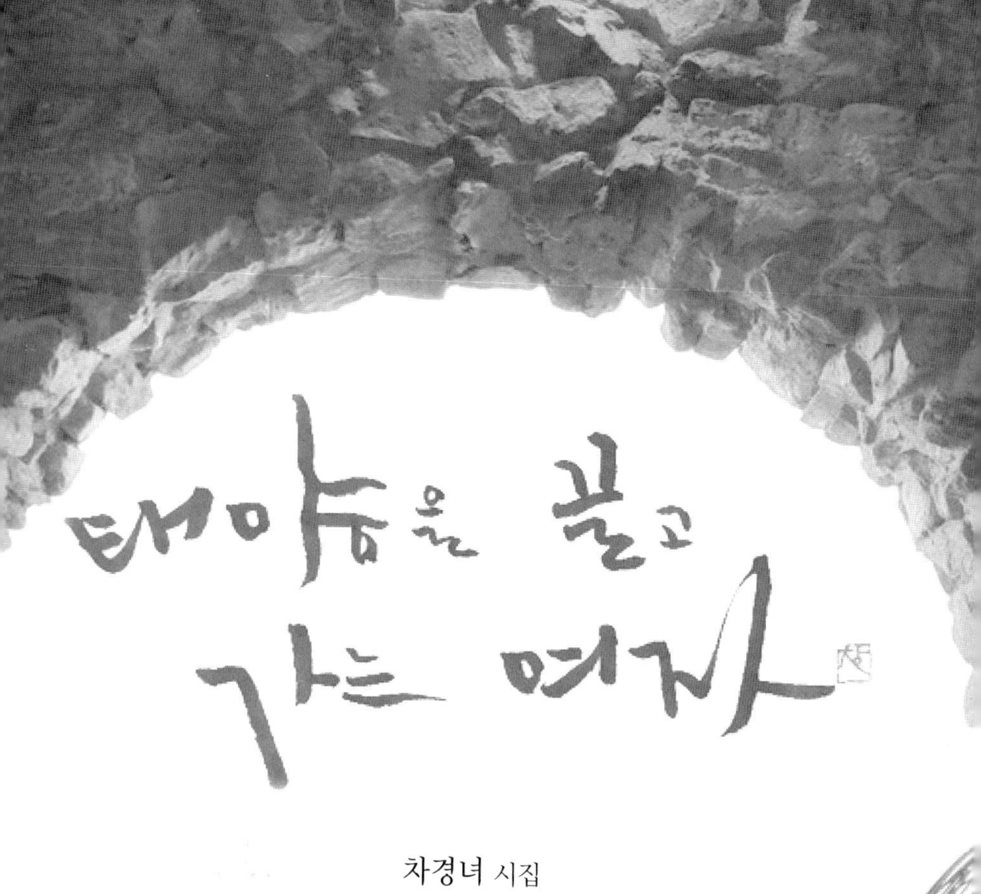
태양을 품고
가는 여자
차경녀 시집

청어

태양을 끌고 가는 여자

차경녀 지음

발 행 처 · 도서출판 청어
발 행 인 · 이영철
영　　업 · 이동호
홍　　보 · 천성래
기　　획 · 남기환
편　　집 · 방세화
디 자 인 · 이수빈 | 김영은
제작이사 · 공병한
인　　쇄 · 두리터

등　　록 · 1999년 5월 3일
(제1999-000063호)

1판 1쇄 발행 · 2020년 10월 9일

주소 · 서울특별시 서초구 남부순환로 364길 8-15 동일빌딩 2층
대표전화 · 02-586-0477
팩시밀리 · 0303-0942-0478

홈페이지 · www.chungeobook.com
E-mail · ppi20@hanmail.net
ISBN · 979-11-5860-886-6(03810)

본 시집의 구성 및 맞춤법, 띄어쓰기는 작가의 의도에 따랐습니다.

이 도서의 국립중앙도서관 출판시도서목록(CIP)은 서지정보유통지원시스템 홈페이지(http://seoji.nl.go.kr)와 국가자료공동목록시스템(http://www.nl.go.kr/kolisnet)에서 이용하실 수 있습니다.(CIP제어번호: CIP2020037570)

태양을 품고 가는 여자

시인의 말

사랑한다 또 사랑한다

꿈이 현실이었던 매우 내성적인 내게 책읽기와 글쓰기는 점이고 진통제였다.

틈만 나면 얇은 습자지에 붉은색 초록색 검정색 잉크로 세로 점을 찍었다. 그러면 두통은 잠시 휴전! 내 세상의 조물주인 나는 자유롭다.

학창시절 장맛비 내리는 운동장 한복판을 걷거나 처마 밑 낙수를 고스란히 온몸으로 받아내며 열정을 식혔다. 행동보다는 생각에 빠져 실체 없는 그리움을 즐겼다.
그렇게 젊음이 원을 한 바퀴 돌고 제자리에 왔을 때 세상 돌아가는 것은 몰라도 마음의 평안과 순리의 인내를 터득했다.

어른이 되어 헌신적 삶이 찢겨지고 한 방울씩 떨어지는 수돗물을 받아내던 현실.
더 이상의 나락은 없으리라, 한때 우주의 한 점으로도 남지 않길 염원했던 시절.

살아내다 보면 산다는 것도 정겹다. 아쉬운 만큼 지금이 더 소중하다.
잃을 것도 알 수도 없는 내일은 삶을 자극시키는 충분한 호기심과 희망이다.
가을 중턱까지 오른 삶 "오늘 사랑을 한다."

2020년 가을
차경녀

차례

1막 들국화

2막 찔레꽃

3막 달맞이꽃

4막 복사꽃

1막

들국화

힘이 들면 숨만 쉬자

복사꽃 어머니

오월의 간이역에 당신이 내리던 날
목숨 다한 꽃의 비상 잠시 빛나는 그 모습
한평생을 바라보던 당신에게로
이제 고개 들어 마주합니다

바람으로 가득 찬 내 사랑
까칠한 나무피를 벗겨낸 자리에
복사꽃 속에 숨은 이름 엉엉 빠지는 그리움에
무작정 용서했던 기억만으로 당신에게 나는 갑니다

한 줄 흔적도 없는 삶을 왜 그리 분주하고
힘들게 밟아 왔는지 당신은 알면서도
그냥 이 계절 한창 피어오르면 되는 것을
그러다 놀란 듯 떨어지면 되는 것을

오랜 세월 혼수상태 된 희망
그 속에서도 붉은 등으로 우뚝 서서
환한 살빛을 쏘아대는 당신은 풍성한 표적입니다

사랑하라고 사랑하라고
떠나기 전에 사랑하라고
바람에 순종하는 문풍지처럼
오늘은 복사꽃 바람이고 싶습니다

새싹처럼

죽었는지
살았는지
들판은 눈 조각들로 듬성하다

보이는 것만을 보았던 탓에
녹아버린 꿈들은
그물망으로 쑤욱

오늘도
어제도
요동치는 시퍼런 물 칼

삼월에
착시처럼 일어나는 무지개
잠시 눈발에 묻혔지만

한겨울 굳은 땅도
드센 소발걸음으로 치솟는
새 싹 처 럼
갈무리 당하고 싶다

죄송합니다

새마을 보일러의 배관 따라
방바닥에 배를 깔고 엎드려 있으면

엄마 굳은살이 얇은 시멘트 위로 뚫고 나와
검붉은 띠를 두른다

서서히 뱃가죽이 데워지고
속까지 뜨끈해지면 등허리에선 김이 난다

가난한 밤기차는 더욱 세차게
달리고

찬바람도 들어오려 문을 두드리는데
엄마는 아직도 발소리조차 들리지 않는다

산마르코 광장

산마르코 광장은 누구보다 먼저 일어나 기다리는 것이 있다
일일드라마의 회 차를 기다리는 수십 마리의 비둘기와 갈매기
돌바닥에 묻힌 그 옛날 초록의 광장은
돌과 돌 사이로 하얗게 기록되고

익숙함은 매일 새로운 것을 즐긴다
수백 개의 테이블과 의자 같은 몸집과 얼굴을 하고
하늘이 더 맑아지고 빛이 넓어질 때
서로 다른 몸집과 저마다의 역사를 가진 이들이
새 떼처럼 몰렸다가 강물처럼 아득하다

검은 원피스에 붉은 장미를 든 여인은
한쪽 발을 살짝 들어 올린 채 과거를 찍고 있다
비둘기의 온전한 발가락 속엔 문명을 통제한 인정이 걸어 다니고
딱딱한 새의 깃을 빌려 날아온 이곳은 태어난 곳은 아니지만
하늘 아래서는 서로 다른 공간이 한 몸뚱어리로 연결된다

끝없이 따라다니는 그 남자의 호흡처럼

목포로 간 삼학도

가는 다리와 솜털까지 바람에 맡긴 그리움
흔들릴 때 뿌리까지 온전히 흔들리리라

맥박이 빨라지고 숨결이 젖어 목이 멘다
한 하늘 아래 한나절을 달려가던 길
멈추어진 곳을 바라보다 깨어나는 그리움에
급한 폭우를 눈에 쏟아 붓는다

인연이 아니었다
무심히 사계절을 서로 다른 곳에서 쌓아가며
가끔 지나는 바람에 잘 있냐고 귀띔할 뿐
가는 길을 잊고 늘 다른 방향을 가는 바람
소식은 마음과 달리 멈춘다

유달산 돌던 천상들이 깨어나자마자 떨어진 곳
설 붉은 바다에 피어나는 바위
임의 사랑 가슴에 묻고 꺼이꺼이 또 가네

찐하게 믿은 속사랑이 당신의 묵향에 스민다

묘지에 누워

빈 주머니 바람 채우며
묘지 위로 오른다
살아서 올랐던 계단을
이젠 누워있다
흙으로 돌아간 인생들이
한을 털어내며 나풀거리고

순결한 하늘 눈동자 그득히 담아
남은 세월 침상을 적시니
이리 평안함은 나 또한 누워있음일까

한번 누워버린 자는
일어나지 않는데 제 발로
올라와 묘지 옆에 누웠나니

다시 일어나 못다 한 인연
한주먹 가득 쥐고
상처 난 발걸음 세상으로 달린다

아직은 계단 위에
머물지 못하고 내려가나니
누운 자여 누가 행복하느냐

탑골공원

—걷거나 뛰지 마시오—

에스컬레이터를 탈 때 반쪽은 늘 분주하다
한쪽은 기계 흐름에 몸을 맡기고
한쪽은 기계를 거슬러 올라간다
오늘 한 발 디딘 그대로 올라가다보면
뒤로 밀리는 현실을 직감한다

공원에 가득한 최초의 노년들
잠시의 여유도 불안한 빠름에
그 느려진 만큼 얻고 잃는 것이 무엇일까

거북의 등위에서 두 팔 휘두르던 역사(歷史)
화장대가 탑재된 역사(驛舍) 화장실
세 명의 여인네들이 거울에 주름을 긋는다

—걷거나 멈추지 마시오—

소록도

살고 싶었다 살아내고 싶었다
누구의 잘못은 아니지만
삶이 통째로 무기징역이다

그 숱한 뿌리로 비명이 꿈틀거리고
먼지도 사그라들 세월에
천상을 이룬 나무들이 기억과 함께 자란다

둥지 틀은 새들이 전설을 쪼아대면
바닷가 언저리로 피가 몰리고
깊은 구렁에 잠든 이들이 파도로 살아난다

을왕리 해수욕장

초록을 두르고 노을빛 선글라스가 도착했다
수렁보다 깊은 마음 바위 끝자락엔 예의바른
갈매기 둘 한 곳을 바라보며 바다에 찍힌다
필요 없는 것은 놓아버리자

낚싯대 무엇을 잡으려 한다
꽉 찬 일상을 거두며 허공을 만지는 남자
흔적 없어 보이는 저 물결 같은 사람
울렁증과 먹먹함은 거센 속바람으로 분다

지구가 쪼개진다
분화구에선 아직 아무런 움직임이 없다
언젠가 솟구쳐버릴 또는 끝까지 잠자버릴
이별의 진행형

다시 가슴이 뛰는 것은 좋은 것이다

단양팔경 장회나루

흐르는 물을 넋 없이 바라본다
수천 년 물살에 몸을 내어준 바위들
석공이 된 강물은 마음을 다듬는다

빗줄기 지난 곳에 선명한 구름 널리고
쌍쌍으로 나는 왜가리
앞 다투어 쫓아가다

쑥 물결 이는 눈동자에 임이 가득하니
봄바람에 더 바랄 것이 없구나

더치커피 두 잔

오늘은 참 행복했습니다
한 걸음 앞에 하얗게 쓰러질 듯한 옷을 입은
당신이 숨통을 조입니다
가도 가도 미로인 길 되돌아 다시 돌아오는 처절함
목멘 울부짖음 벽에다 바르며 걸어온 낙서
벽이 무너지고 하늘이 그려지는 날
오늘이 그런 날이겠지요

낡은 벽돌이 경계가 되고 반쯤 수그러진 백합이 저녁이 될 때
찻잔 속에 수채화로 묻어나는 당신의 하얀 셔츠가
너무도 설렜습니다
인생의 반을 넘어서 청춘 속에나 있을 빠른 심박동이
작은 바람으로 펄떡입니다

행복하다는 말을 입 밖으로 내어본 기억이나 있었는지요
지금 이 순간 행복하다고 살랑이는 음표들이 눈가를 맴돌고
시간이 늦으면 행복할 수 없을지 모릅니다

당신의 뜨거운 손가락에 아직 남은 미소가 있다는 것을
봄날 뜬금없이 내리는 눈송이처럼 딱 그 정도였습니다
눈을 뜨기도 전에 사랑한다는 말을
입가에 베어 물고 말았습니다

pet dog

늘 조금은 열려진 사립문 옆에
엎드려 있습니다
목줄이 매인 짧은 삶이지만
멀리 바라보기를 쉬지 않습니다

온몸으로 종일 이리 뛰고
저리 그리워해도
사랑은 끄떡없습니다

그것이 당신이 준 설렘입니다
마지막 한숨까지 새기는
가득 찬 동행입니다

바람이 달다
—태양을 끌고 가다

너를 비운 만큼 세상이 들어오는 거야
어떻게 살아야 하는지 알게 되는 것이지
너로 인해 가려졌던 다른 소리 다른 길
다른 기쁨 다른 슬픔 다른 사랑

힘이 들면 숨만 쉬자
이별 후 존재하는 과거 나를 털어버린 여자
구토 너무 먹었다
심장에서 웃는 땀방울

폭우

볼 비비며 통곡하는 너야
타들어 가는 뿌리가
통하였느냐

누구의 목마름으로 너는 오느냐
나와 너의 가슴을 삽질하며
진한 물이 흐른다

젖어드는 백당나무에
촘촘한 얼굴로 피어오르면
뒤따라오던 임의 웃음 부서진다

불두화*

미세먼지로 가득했던 지난날
하늘이 실종된 줄 알았다
암자 돌담 끝 인연 따라 묶인 꽃잎은 수북한
샴쌍둥이다 작은 꽃송이마다 평온을 얻지 못한 장애는
백팔 배의 도돌이표로 멈출 줄을 모른다

서릿발 시린 계절이 수없이 지나가고
푸른 솔가지 사이로 더미구름 비늘구름 양떼구름이
은백으로 피어나면
흥분한 먹구름이 시샘하여 욱지르다
천둥번개로 미물(微物)을 휘두른 후 고요를 찾는다

말끔한 하늘엔
오직 한 조각 붉은 마음에 눈부처**라

*불두화: 부처 머리모양을 닮은 꽃, 일명 사발꽃
**눈부처: 눈동자에 비치어 나타난 형상

꽃지 해수욕장

이른 아침 눈을 뜨자마자 바다로 갔습니다
막다른 골목에 떨어진 바다
드넓은 가슴 홀로 펼쳐 놓고 웃습니다

어젯밤 무슨 일이 있었냐고요
지나온 세월 버거워서 왔냐고요
아님 그리움에 끝을 자르기 위해서

파도타기를 하는 수백만 마리의 새 떼
작은 깃털 달고 함께 달려보고 싶습니다

바다를 머금은 백사장은
발자국의 흔적도 남기지 않을 만큼
무거운 심장을 가뿐히 들어 올립니다

눈을 감고 걸어갑니다
캄캄하지도 않았고
넘어질까 두려움도 없습니다

잠시 후 집으로 돌아오는 길
눈을 뜨고 걸어갑니다
바로 넘어져버립니다

이렇게 멋진 날에

나 많이 속상해요

꽃봉오리 맺힌 어린 고추순
살짝 데쳐 참기름 발라 놓고

어머니가 주신 된장으로
파대신 부추 듬뿍 넣어
찌개 끓여 놓고

님 생각에
문자 하나 보냈건만
……

데쳐진 자존심
뚝배기 같은 설움
거울로도 볼 수 없는 님이기에

2막

찔레꽃

빈 잔 들고 기다릴 때
누군가
잔을 채우는
그것으로 족하다

술주정

어젯밤 가족의 얼굴을 구겨버린 아버지
오늘 새벽엔 빈 그림자로 서서
연탄을 끌고 있다

가족의 얼굴은 나팔꽃처럼 피었지만
숯덩이가 된 아버지는 향이 없다

일터

오늘은 무릎까지 오는 장화를 신고 타일 바닥을
종일 미끄럼 탔습니다
기름밴 접시에 거품 가득 담고
이리저리 비벼대다 뜨거운 물 한번 쫙 내리치면
뽀득뽀득 환한 얼굴빛에 잠시 웃습니다

습기 찬 발바닥 일상으로 옮겨 놓고
무거운 치아 닦아내면 거울에 튕기는 흰나비
살얼음 같은 물로 두어 번 머금고 뱉어
시린 하루 아랑곳 않고 이불 속에 숨습니다

세상을 빠져나가는 일은 아주 쉽습니다
분주했던 힘들었던 속상했던
아지랑이처럼 팔랑거리는 시간들
꼬깃꼬깃 속주머니 속에 넣어 둔 천 원짜리처럼
잊어버립니다

봄바람

탄내가 나네
요염한 아지랑이
그슬린 얼굴을 더욱 어지럽게 한다

뜨거워
유리컵에 담겨진 햇살
가슴팍에 두어 방울 흘린다

흔들리네
솜털 빠진 갈대
어느 집 울타리로 삼으면 좋겠다

부벼댄다
남자나 여자나
스킨쉽이 걸림 없는 무법자

산다는 것은 세월을 견디는 거야

멈추면 쏟아질 거 같아 무작정 걸었다
처음엔 보도블록 위를 걸었어 나무 사이도 걷고
풀숲도 꽃길도 징검다리도 건너고 그러다 이른 곳이
나였어 거기 서 있는 내가 나를 불렀어

나무가 걷고 돌이 걷고 그렇게 세상이 걸어갔어
그 뒤로 내가 걸었지

삶이 죽음을 생각해
휠체어에 앉은 뒷모습 떨어지는 손 숙여지는 고개
그게 다였어 살아있는 자에게 뒷모습으로 생의 막을 내린다
죽은 자를 부르는 소리 목 터져라 부르는 소리 이제 마지막이리라

눈을 떴어
애달픈 것들을 그저 가슴 저밈으로
그리워한다는 것 생의 끝에서 무엇 하나 소원 아닌 게 없다
하지만 하지만 그것은 끝까지 묻어야 하는 후회다

피할 수 없을 땐 의지하는 거야

외출

몇 가지 안 되는 옷이 삐딱한 장롱 안에
취업대기자로 있다
수년째 노래 교실을 다니시는 팔순의 어머니는
순댓국 네 그릇 값이 아까워 자주 목청을 닫는다

잊혀진 피난둥이
난리에 고국도 아닌 타국에서 태어나
늙어가는 고향을 외출로 삼고
배가 고파 물로 허기를 채웠다
배불러 죽겠다는 기억상실증의 오늘을 살며
허리 어깨 무릎 발 무릎 발
개사한 아이들의 동요는 어머니에겐
극심한 관절통이다

올 추석 명절 장롱을 열어보고는
저 옷들을 입을 일이 없네

명절이 지나면 외출을 해야겠다고
불확실한 생각을 입고 있는
엄마 우리 엄마

구멍가게

지금 고양이가 얄밉다 따스한 방 한구석에
사지를 쭉 뻗고 누워 볼딱볼딱 아랫배를 움직이며
얄미워하는 줄도 모르고 자는 것이 얄밉다

방문을 반쯤 열어놓고 물건이 빨리빨리 없어지기를 기다린다
주먹만큼 열려진 가게 문틈으로 찬바람이 들어와
안의 바람과 섞이어 덜 찬바람이 방으로 들어오고
나의 엉덩이는 따뜻한 방바닥에 얹혀 있지만 얄밉지 않다

여우비

어디예요

낡은 구두를 신고
기름때가 묻은 바지
화장대신 먼지를 바른 얼굴
흔한 립스틱조차 바르지
못한 채 당신을 만났네요

일 분이면 가요

안부나 물으려던 당신은
약속한 듯 달려왔습니다
당신이 온다는 소리에
비쳐줄 거울을 찾았지만
못내 문틀 샷시에
얼굴을 보였지요

저녁이나 먹지요

무엇이 맛있을까
무얼 먹일까
고민에 빠진 당신 옆에서
낡은 신이 부끄러웠지요

커피도 마시고 가지

이제 초라한 모습이 당신
커피 잔 속에 비치어 버렸네요
하지만 그날 당신 마음을
일 년치 가지고 왔어요

말쑥한 당신이 가던 길 돌려
세상 속 부끄럼에 얼굴 붉힌 모습
미소로 쓰다듬을 때
사랑은 그렇게 갑자기
당신에게 튕겨갔어요

동창회

모자가 날아간다
바람이 분다고 설명해야 하나
결을 다투며 번쩍이는 바다
스스로 뺨을 맞는 바다

모두 펑퍼짐한 모습들
세월의 칼질에도
몸을 부풀리며 살아준 것이
문득 고맙다는 생각이 든다

어느 날
삶을 잘라내고픈 것이
어린 시절 짝사랑처럼 묻혔지만
지금에 와서 헛살았다고 기억을 비벼댄들

알고 사나 누구는
삶은 누구에게나 처음이고
매일 낯선 것을
이젠 행복을 찾기보다

빈 잔 들고 기다릴 때
누군가
잔을 채우는
그것으로 족하다

번짐

누군가를 알게 된다는 것은 습자지에 눈물 한 방울 떨어진 겁니다
누군가를 생각한다는 것은 봄 햇살에 움트는 새싹입니다
엄마라고 불리면서 엄마인 줄 알았습니다
시도 그랬습니다
당신 발톱에서 가을을 보았습니다
거울에게 총을 쏘았습니다
살았습니다

단풍(丹楓)

아름답게 미쳐버린 너의 잔해 속엔
가넷 루비 자수정 크리스탈이 묻어있지만
너를 전당포로 보낼 순 없구나

구름 사이로 한 올 한 올 꽂아 내린 태양빛
하지만 지금은 네가 더 빛난다

온몸을 쥐어짠 너의 일편단심
산등성이로 시냇가로
웃음과 울음으로 후회 없이 부서지는구나
한 겹 한 겹 붉은 빛깔은 너의 투쟁이건만
그마저도 넘치도록 아름다운 희망이니
너 돌아갈 때 더욱 푸릇이 치솟는 그리움아

수혈조차 끊긴 영혼 다시는 돌아갈 곳 없어도
이름 없는 흙바위로 시퍼렇게 날아간다
백발이 되도록 한 땀씩 그린 너를
삼켜본다

바다가 하는 말

바위는 고향을 떠난 적이 없다고 생각했다
평생을 씻어내는 몸뚱어리에 결벽증이 생겼다
수많은 인생들이 마감 되도
한 곳에서 버티었다고 자랑스러워했다
툭 치고 가는 물결 자신의 살점이 조각난 것을 알까

후려치는 물살에도 온몸은 더 호탕하다
나무도 아니고 꽃도 아니면서
물결과 함께 어우러지는 발끝의 부서짐

그 부서짐은 뻗어나간다
바위는 늘 고향을 조금씩 탈출하고 있었다

다시 돌아가기 위해

일 톤 탑차가 그나마 잠시 고속도로 위를 달리던
후미(後尾) 인생을 들이받았다
천–둥–번–개

찬합 같은 병실에 누워 또 누워 자꾸 누워
비포장된 일상을 먹고 있다
하루 열다섯 시간 이상 틀어 놓는 텔레비전은 때론 들린다는 것이 괴롭다
그런데 말이다 텔레비전 채널은 입원서열에 따라 묵시적으로 돌려진다

간혹 방문객이 가져다주는 음식을 서로 나누면
한 상 어머니의 밥상이 차려지고,
시간이 지날수록 김치 뚜껑을 당겨야 되는지 밀어야 되는지
여는 것조차 기억상실이 되어갈 때쯤
드라마 속에서 낯익은 방이 보인다

그래 저런 곳에서 살았었지 핏줄을 타고 쌩쌩
그리움과 잃어버린 것들이 감전되는 순간
묻지도 않은 재를 탁탁 털며
살얼음 스민 등골로 고속도로 위를 다시 나선다

세탁기 하나 바꾸는 일

살다보면 보푸라기처럼 상처 나는 일
몸싸움으로 엉켜 붙었다가도
다시 거꾸로 풀어버리는 구김 없는 뒤끝
세숫대야만한 물로도
온 가족의 일상을 한꺼번에 씻어내는
자린고비

트롬 세탁기 13년째
충성스런 때밀이는 갈기갈기 부서져
그동안 맺은 정 떼기 싫었는지
담쟁이넝쿨 빨판이
옷 사이에 매달렸다

미운 정 고운 정 백번 고민을 세탁한 끝에
호흡기를 뗀다
통돌이는 상처 난 보푸라기를 세포분열 시키고
이산가족 만난 양 한 번 부둥켜안으면 풀어질 줄 모른다

구멍 숭숭 난 우물에 못난이 잘난 이가 빠져도
청탁이나 뇌물 비누가루로 녹여
시원하게 돌리는 고놈

며칠을 투명한 뚜껑 밑의 돌고 도는 세상을
보고 또 보며
아물지 않는 상처를 깨끗이 하는 팁 하나
서로의 상처를 니 것 내 것 없이 오랜 시간 합방하니
오래전 어머님 만지시던 하얀 광목이 걸어온다

소나기

말간 하늘 빛 눈물 고리 열리던 날

갑작스럽게 마주한 움싹

그것은 너에게로 쏟아지는 두근거림

살아내야 한다

쌓인 기억을 파내며 숨고르기를 한다
한 나무에서 수십 갈래로 갈라진 가지들은
저마다 가는 길이 다르고 다른 곳을 바라본다
노쇠한 어머니의 굽은 손가락이
뿌리로 가득 자란다
늘 물의 체취를 갈구하지만 인내가 더 길다
절망도 내려놓으면 희망이다
세상이 닫혔다 해도
아직 디딜 땅과 숨 쉴 허공과 몇 개의 별들은
우리 곁을 떠나지 않았다

장마

뿌리가 엉킨 풀들이 수근댄다
여긴 저지대야 큰일이다

창문을 닫는다
안방 건넌방 화장실 부엌
꼭꼭 밀어서 한 올의 눈물도 들어올 틈 없이

창문을 닫는다
눈 귀 입 가슴
청테이프를 붙여 어제를 막는다

또 하나의 창문을 닫는다
돈 사랑 배신 분노 기쁨 죽음
뼛속까지 물든 우울을 힘껏 밀었다

오늘도 내린다
언제나 창문턱에서 높이뛰기를 한다
잠시 바라보는 동안에도 48년이 젖는다

오늘도 창문을 닫는다
젖은 마음 널기 싫어
닫을 때마다 뒤로 튕겨지는 꿈

창밖을 바라본다
수백만의 그들보다 더 많은 창문
계절이 사라지면 열어질까

천식(Asthma)

숨이 가쁘다
공기를 이동시키고 이물질을 걸러주는 기관지가 제 구실을 못한다

기침과 통증 때론 호흡 곤란으로 숨통이 끊어질 것 같은 앙금이
늘 일상 먼지로 솟구쳐 오른다
수시로 흡입기를 통해 기관지를 잠시 열지만 삶은 그러기엔 길어보인다
등을 기대앉기도 눕거나 엎드려있기도 안절부절 그저 서성이다 잠시 앉는다

그 어디에도 기댈 수 없는 폭풍에 휩싸인 허공 언제 멈출지 모르는 숨질
오늘도 작은 쪽 창가에 앉아 후두둑 떨어지는 빗줄기로 고랑을 만든다
흡입기조차 없는 삶은 천식의 꿈을 토해낸다

3막

달맞이꽃

그는 신처럼 어디에나 존재한다
신이 절대자가 되려면
그가 되면 된다

그럼에도 불구하고

안면도 연육교 다리 저 건너
미스터 소나무
허리 130cm
키 21m
몸무게 550kg

바다 빛으로 고른 머리
흙빛 갑옷으로 무장하고
수많은 발가락으로 꿋꿋하게 서 있더니

구월이던가 때아닌 소용돌이 바람
폭풍 같은 자존심으로
몸을 더 곧추세웠더니

그대로 누워버렸다
그리고 잠들었다
119도 오지 않고

오늘도 바라본다
함께 누워보면
아직 서 있는
소 나 무 야

얼음이 되기 전에

동서남북 마음껏 흘렀더라
꽃향기 담고 새 발짝 적시며
돌고 돌은 세상

남을 위해 모습도 없이
견뎌온 시간 봄 선물이라도 주듯
보들보들한 싹 내 밀어내고

내리치는 빛을 피해
바삭이는 가을 그대 살갗에 꿈을 묻히고
켜켜이 쌓이는 찬 이슬로 스미네

비바람 홀로 맞으며
이파리 끝에 대롱대롱 매달린 여름
사느냐 죽느냐 두려움에 떨었더라

꽃등 시리게 조여 드는 겨울
아침끈 되어 이 모양 저 모양으로
단단히 움켜잡고

다시 졸졸
흐르는 봄을 따라
돌아간다

하루

집과— 직장
어항 속에 개울물이 흐른다
어느 날은 뽀얀 옷으로 문서를 작성하고
어느 날은 뿌연 옷이 되어 쇳조각을 만진다

출근—퇴근
아침엔 앞차 번호가 잘 안보이고
한낮엔 눈이 부시다
늦은 저녁 생고기 두루치기에 물 한 잔 마시고
돌아오는 길엔 눈이 반쯤 감겨져 불빛만 쫓는다

생각—현실
톡 톡 자지러지는 빗방울은 눈처럼 시리다
포도송이처럼 붙은 은행 알
이파리 벗어진 홍시는
돋보기로 보는 노을이다

오만–자학
별이 보인다
이렇게 편히 쓰는 글을
크크 돼지갈비뼈를 문 강아지

가면–존중
시(詩)
꽃무늬 블라우스에 몸빼바지 입었네

에필로그

이제 그런 날은 다시 올 것 같지 않습니다

속눈썹 가지런히 내리고

살짝 벌어진 입술로 삶이 들락날락 할 뿐

이제는 세상과 상관이 없습니다

생선 한토막이 하루에 올려집니다
몸과 마음에 늦가을이 떨어집니다

다시 오늘이 온다는 것을 염려하지 않습니다
기회는 날마다 있습니다

오늘 이 세상을 처음 보았습니다

시인

시를 쓰면 사람들은
시인이냐고 묻는다
시인이라고 대답하면
시집이 있냐고 다시 묻는다

시인은 시를 쓰고
그 시들을 책으로 만든다
고 생각한다

시란 쓰는 것일까
시를 먹거나
시로 숨 쉬거나
시와 자거나

시인은 시와 생활한다

생각한 것이 배탈 나면
시똥을 싼다

바람 따라 온 너

처음부터 그런 것은 아니었다
너 역시 처음부터 그런 것이 아니었다.
휑하니 어둔 밤을 두고 가버린 그 자리
주차위반 스티커가 가슴에 붙는다

너는 가고 없다
울어야 한다는 의식이 분명하다
잊는 것보다 사랑하는 것이 힘들 때
채무자가 된다
너의 어떤 말이나 행동에도
가슴은 파도 타기를 한다
다시 돌아와도
거짓은 덧입혀질 것이고

잠시 후
미안해 잘못했어
돌아온 변신에 아직
너의 전시장을 떠나지 못하고 있다

이별과 사랑의 공통분모

눈을 감는다고 안 보이는 것이 아니다
생각을 지운다고 떠오르지 않는 것이 아니다

그는 신처럼 어디에나 존재한다
신이 절대자가 되려면
그가 되면 된다

그곳에 기록되지 않은 이름(부천)

원미동 석왕사 근처 이층집을 마련한 사촌언니
서너 살 된 딸과 첫발을 찾았다
파장 무렵 시장에서 지친 콩나물 할딱이는 미더덕으로
해물찜을 해주던 언니는 터질듯한 석류다

어느 해 청소년이 된 딸과
반딧불도 아니고 해도 달도 아닌 것이
세상에 빛을 쏟아내는 루미나리에 축제
하루 노동 값이 입장하고
인생 굴다리에 빛을 칠했다

중년엔 그곳에 이름을 올렸다
신작로보다 비탈길인 삶
한 자씩 뭉쳐 작은 돌탑을 심었다
외곽순환고속도로 육 키로는 출산보다 길지만
무성한 예술의 도시에 전각(篆刻)을 꾹 심었다

언제부턴가 복사꽃 곱게 입고 복숭아 베어 먹는 소리
무대에 설 때면 흔적 없는 고향이 된다
어디나 사람은 있지만
길들여지고 길들여 주는 그런 사람들

어쩌다 그곳이 첫사랑이 되었나

송추계곡

바위를 쓰다듬으며 낙하하는
한여름 녹음 진 소리
돌과 돌 사이를 보일 듯 말 듯
비벼대며 서로를 조금씩 알아가는 동안
거리는 멀어져도
더욱 넓혀지는 물살

잠시 원두막에 눕는 사이
비는 그치고 세상은 아득해진다

일산호수

나뭇잎 사이로 별이 뜬다

잔잔한 호수를 뚫고

별은 다리가 길어졌다

홀로 가는 길에

발자국 하나 생겼다

멀어지는 기억

볏짚지붕을 타고 처마 밑으로 떨어지는 비
불그레한 그릇 바닥에 놓고 귀하디귀한 하늘에서
오신 물로 빨래도 하고 목욕도 했었지

어느 날엔가 먼 길 다니시던 아버지와 동네 품앗이로 받은
어머니의 대가로 붉은 머리 올린 기와지붕

뒷마당 물 한 바가지 먹어야 나오는 우물펌프는
쇳내가 나고 빽빽해 어머니는 서울 고모 집만 다녀오시면
수돗물은 미끈미끈해서 얼굴도 하얘지고 때도 잘 빠진다고
뒤뜰이 고향인 우물은 더 붉게 고개 숙였지

광장(廣場)의 소음들

하나는 꺾어진 팔을 턱에 갖다 댔다
하나는 깊은 동굴 속 모태의 눈을 가졌다
하나는 널려져 있는 돌을 주어 간간히 던진다
질퍽거리는 움직임의 연속

누워있다 걸어간다 앉아있다
졸고 있다 웃고 있다
십이지신(十二支辰)의 포효(咆哮)
입을 삼킨 대화

헝클어진 우울

입원

일 초에 한 방울씩
혈관으로 스며드는 수액은 낡은 육신을 리모델링 한다
24시간 손등에 꽂혀진 구속영장
이른 시간에 아침을 먹고
유성처럼 다녀가는 의사선생님 회진이 끝나면

따끈한 팩 찜질과 야릇한 전기 두드림
물리치료실=강남 마사지실
병실에 돌아와 하늘색 담요에 눈을 눕히면
혼돈의 세상에 가기도 전에 점심시간
처녀적 손에 물 안 묻히고 살고 싶다던 꿈이 이루어졌다

가로 일 미터 세로 이 미터 남짓 되는 침상 하나에서
절룩거리는 일상을 맞이하며
돌아갈 곳의 가득한 소유에 잠시 무상해진다

내일을 알 수 없는 환자들과
내일도 살아있을 거라고 믿는 내가

부처와 참새

직선으로 걸어간다 원을 따라 걷는다
시작점에서 끝없이 앞으로만 간다면 한 우물일까
시작점에서 끝없이 갔건만 다시 제자리로 돌아왔다면 무상한걸까
직선이든 원이든 끝점에 이를 때까지는 새로운 길이다
직선이든 원이든 그 길을 다시 간다 해도 여전히 새롭다
부처는 원을 그리고 참새는 직선을 찍는다
부처는 고해(苦海) 참새는 도(道)
끊임없이 부처가 되고자 했던 참새
이제 날지 않아도 되는 참새가 되었다
부처는 부처고 참새는 참새다

원과 원 직선과 직선
원안의 직선 직선 안의 원
참새는 부처

선풍기

네 장의 날개가 있지만
들판을 맴돌던
고추잠자리 화석인가

세상살이 지친
화덕 같은 몸뚱어리들에게
천년 묵은 느티나무
그늘을 외치는 구나

한 여름 지새며
뜨거워진 심장
덜덜 식혀가며
홀로 멈출 줄 모르는

늘 제자리에서
날갯짓 하는 당신은
언젠가 날 수 있다는
꿈을 꾸고 있는 건지

팥빙수

한낮에 카페로 바람이 담긴다

테이블마다 의자들이 입맛을 다시고

허공에서 떨어지는 노래

푸른 냅킨 속에서 흥얼거린다

잠시 유일한 손님은 수줍다

붉게 흘러내리는

더듬거리는 빛

소리

윙윙윙 어항 속
뚜득뚜득 집 안 어디서
딱딱 건전지시계
쉑쉑 나 살아있는

일이 드믄 요즘은 집에 일찍 들어온다
어떡하나
생활정보지조차 폐지 줍는 노인들에게 뺏기고
그래서 새로운 일자리조차 뺏긴 듯
몰라 몰라 근심은 잠시

오랜만에 느껴보는 정적도 잠시
소리소리
조용할수록 조용하지 않다는 것
무수히 많은 소리들이 들리지 않았다는 것
가슴속 빼근한 소리는 우울하다

이 맑은 오후 봄날에
듣고 싶은 소리를
찾아줘!

4막

복사꽃

당신의 사랑도 인생도
점점 짙어지는 복사골에 다다르겠지

땅따먹기

엄지를 지렛대로 한 뼘 빙 돌려
얼굴만 한 땅을 무상으로 받는다
납작 돌을 욕심만큼 튕겨
세 번 찍어 마련하는 집
가질게 땅밖에 없던 그 시절
늘리는 일은 그리 어렵지 않다

가끔 웃자란 오만에 줄긋기가 꽝이 되어도
오늘 내일 우리들 마당과
학교운동장은 투기지역도 아니고
부동산대책도 세금도 백지다

매일 꿈이 그려지는 마음
손톱 밑에 쌓인 흑만큼
손가락 멀리뛰기는 소유가 된다

어스름한 오후 들려오는 어머니
부르는 이 없어도 돌아가는 모습
친구들을 손가락 튕긴다

사랑앓이

너와 부딪친 건 대형 사고다

부러진 갈비뼈를
도려내고 깎아내고 문질러서
손끝조차 같이 다듬어지는 저림으로
새로운 심장을 만들었다

곡기를 끊은 생의 마지막 모퉁이에서
기나긴 여정 펼쳐보다 이리저리 엮어
한숨으로 멈추어지는 길
다시금 벌떡이는 심장

너를 그리다 너를 사랑하다
벙그러진 조약돌
길 잃은 눈동자가 밟힌다

넌 나를 퇴원시키지 않는다

터미널 마임(mime)

한산한 대합실 저마다 분주함이 묻어있다
인천에서 안산까지 두 시간을 달려와도
기다려야 할 시간이 남아있다

턱을 쳐들고 시간표도 보고
흘끔흘끔 여행객들도 보면서
서너 바퀴 대합실을 돌다보니 멋쩍어
기둥을 둘러싼 의자에 앉아 남은 시간을 긁어댄다
사월 보름 지나고 닷새가 더 해진다
이 한해는 정신 차리고 살아야지

또 뭘 할까
커피우유와 버터빵으로 어중한 점심을 먹는다
손에 묻은 유분을 종이에 짓누르며 재빨리 한숨을 싸버린다
화장실 옆 쓰레기통에 버리며
이곳은 왜 분리수거통이 없을까
길들여진 습관은 꽤 도덕적이다
기다림까지 세 시간을 그 또한 쓰레기통에 던진다

살짜기 얼굴과 목뒤로 달아오르는 후끈거림
갱년기 여성의 환불할 수 없는 티켓을 끊고
이제 종료 새로운 사람들로 꽉 채워졌을 때
다른 출구로 시간을 옮긴다

두려움

그림자는 어둠이다
아직 개 짖는 소리가 들리고
설익은 별들이 나뭇가지에 서성인다
사방이 산으로 둘러싸인 불 꺼진 인가 몇 채

허벅지를 타고 오르는 차가움은
앙상한 가지에 새순이 돋는 거겠지
손가락조차 보이지 않는 그림자 품에서
숨조차 신호 대기 한다

상투적 언어

그리고 빈 화분으로 와야 한다
애초에 화분 속엔 씨앗이 없다
욕심껏 뿌린 씨앗으로 꽃을 피웠으니
그것은 내 것이 아니다
빛을 발하는 꽃 속에 숨어있는
찢겨진 시간을 보라

힘이 있는 자는 죽어야 한다
힘을 가지기 위해 가난한 자를 짓밟는 자
힘을 가지고 남을 넘어트리는 자
힘을 뱉어 수많은 사람들을 우롱하는 자
그들의 화분은 독초로 만발해 있다
세상은 온통 힘으로 넘쳐나
여기저기 갑질로 터져 나온다

힘은 나누는 것이다
힘 있는 자가 힘을 숨기고 죽는 순간에
많은 사람들에게 힘이 다시 태어난다
남을 섬김으로, 배려함으로
힘의 부활이 일어난다

생각이 잠들지 않는 날

리모컨을 999번까지 눌러보았다

그 언젠가 같은 곳을 바라보며
뜨거운 찻잔을 기다림으로 만지며
서투른 삶에 쓰디 쓴 걸음으로
비틀거렸던 너
앞을 보지 못해 끌려가다 뒤통수
세차게 맞고 숨통 끊고 싶었던 그날들
밤을 깎아내며 부릅뜨는 것은 내일을

잃어버리고 싶지 않다

날고 싶다

우린 때론 가난해야 한다 가난한 자가 더 가난해지든지
부자가 가난해지든지 소위 중산층이 가난해지든지
가난은 불편한 것뿐이라고 우아한 말로 위로하는 자는 더 가난해져야
한다

너는 때론 넘어져야 한다 아이가 넘어지는 것보다 자주 넘어져야 한다
절룩거리는 인생보다 더 넘어져야 한다
일곱 번 넘어져도 여덟 번째 일어난다는 고상한 말도 넘어져야 한다

너와 나는 때론 병들어야 한다
병이 나서 병든 자보다 가난해서 병든 자보다
넘어져서 병든 자보다 더 많이 병들어야 한다

산책

가장 밝은 햇살이 유리창을 연다
목줄에 매인 흰 털옷을 입은 애견
출발점을 빠르게 튕겨 손끝 힘이 가해진다

도로와 길의 경계에 작은 상록수들
어제 떨어진 것은 흙 위에 오늘 떨어진 것은 떨어진 것 위에
떨어질 것들은 제멋대로 내일 위에 겹으로 누렇게 멈춘다
초록의 추억은 세찬 바람으로 가두고
저들만의 연륜으로 뭉쳐 떨어짐을 즐긴다

빙하의 바람이 코끝을 스칠 때마다 목을 감싸는 옷깃
색이 별로 없는 이 계절에 생각도 멍하게 물든다

탈랑탈랑 늙은 개의 꼬리에는 늘 바람이 분다
강물은 온통 고기떼의 비늘로 번쩍거리고
헉헉거리며 갈잎 같은 혀를 나뭇가지에 묻어버리며
제자리 서기 힘들어도 돌아가지 않으려 네 발로 바닥을 움켜쥔다

얼마 남지 않은 아쉬움과 오랜만의 세상을 더 잡고 싶었을까
저 가고 싶은 길을 주인은 넉넉하게 덧칠해준다
멈추는 곳이 많을수록 작은 것들이 고개를 쳐들었다
그 자리에 있었는데 너와 함께하는 동안 보이는 것들

돌아갈 길이 멀어질수록 막다른 울타리에선
더 이상 넘을 생각이 없다

참 별일입니다

맛난 것을 먹고 나면 또 먹고 싶어 다시 먹습니다
한 번 두 번 이제 만난 것은 만난 것이 아닌 것이 됩니다

당신과 통화 후엔 자꾸 환청이 들립니다
듣고 또 들어도 더 듣고 싶게 만드는 당신

때때로 봄을 잃어버릴 때가 있습니다
아무리 둘러봐도 차갑고 단단한 흙무덤만 보일 때가 있습니다

참 별일입니다 어쩌다 당신이 봄 속에 딸려왔는지
굳은 땅을 뚫고 나왔는지 거기 당신이 서 있습니다

따로국밥

직업은 작가입니다
생각을 압축기로 짜는
제조업입니다
근근이 영혼을 먹이고 있습니다

직업은 생산직입니다
몸을 부속으로 쓰는
노동자입니다
그래도 밥만은 먹고 삽니다

언제나 투잡입니다

필례 약수터

강원도 인제군 인제읍 귀둔리의
가을은 넋 나간 바람에 사르르
한 잎 두 잎 자신의 기억을 천천히 떨어낸다
애틋하고 안타까운 아름다움
너무 예쁘다 수많은 사람들의 탄성이
최고의 다수결 시적 표현이라고 한 움큼 쥔 낙엽에 속삭인다

뒷모습이 예쁜 여인의 양 갈래 머리 사이를 걸어 올라가다 보면
필례 약수터 푯대가 보인다
베를 짜는 여인의 이름 또는 모습 노력을 아끼는 고개
세월만큼 많은 수군거림이 벅적댄다
그녀의 마음에선 묘한 물맛이 뿜어 나오고
한 모금엔 쇳내가 코를 더듬고 비린내로 목젖을 멀미나게 한다

물 한 바가지 단숨에 들이키면 깊은 탄산수 참맛이 톡톡
너의 묵은 정에 노를 젓는다

새벽 세 시

텔레비전 채널을 돌리고 있다
A ———————————— Ω
막힌 가슴으로 책도 읽는다

거울 속에서 붉어지는 눈
머리를 감고 옷을 입었다
떠나기로 했다
정확히 말하면 떠밀려갔다

불빛에 손목 잡힌 어둠과
넓어진 도로를 천천히 달려도
지나간 세월은 반 토막이다

길을 잃은 길에서
멈추어버린 가슴
텅 빈 도로에 떨어진 가난한 추억

노동

목덜미까지 꽉 찬 하루
종일 떠들어대는 기계소리의
오선지가 된다

부어오른 다리
청동빛으로 물들어가는 뼈
열 손가락으로도 잡을 수 없는 것을
잡아야 하는 무게에 눌려
울컥울컥 삼킨 칼끝 설움은
목젖까지 차올라 토할 듯 어지럽다

철조망 먹이사슬에 압사당한
내장도 뜯겨지는 무생물
설웁다 하는 것조차 부끄러운 것은
잘못 산 탓이련가
악물은 이가 흔들리고 부서져도

오늘도 저리고 아린 발걸음에
이 순간 살아내야 하는 노동
가물은 몸에서 뿜어 나오는 눈물을
다시 받아낸다
누구도 함께 할 수 없는
지금 살아내야 한다

나누어 살기

날이 어두워지면 하늘도 낮아진다
연초록 풀잎은 몸을 눕히고
보이던 것이 보이지 않게 되었을 때
흰 벽이 일어난다

닭똥냄새조차 향기로운
가마솥 밥 친구들
추억 한 그릇씩 퍼먹고
가로등이 되는 얼굴

제 이름으로 된 통장 하나 없어도
찢어진 주머니 사이로 손을 잡고
클랙슨 소리보다 더 큰 웃음으로
존재에 대한 풍요로움을

우리들의 빈 주머니로
화끈하게 털어낸다

복사꽃 여정

얼마나 기다렸던가 부어오른 꽃망울
가만히 가만히 뽀얀 속살 드러낼 때
폭폭 터지는 복사 골 축제가 시작 되었네

절망 아래서 희망 속에서
힘껏 아주 힘껏 온 맘을 흔들었더니
엷디엷은 꽃등으로
세상 모든 사랑이 다 떨어지네

당신은 웃고 있네 소리도 질렀지
그러다 울고 말았어
천천히
조용히
봄을 기다렸던 거야

새싹처럼 다시 돋은 목숨
풀풀 먼지 나는 눈물 거둬버리고
오월의 복사꽃 밟으며 걸어봐
짓이겨지는 희망이 언젠가 당신의 혀 속에서
부서지는 달콤함으로 미끄러지듯

당신의 사랑도 인생도
점점 짙어지는 복사 골에 다다르겠지

해설

삶에서 인식한 갈등의 정화, 그 시적 진실

김송배
(시인, 한국문인협회 전 부이사장)

해설

삶에서 인식한 갈등의 정화, 그 시적 진실
–차경녀 시집 『태양을 끌고 가는 여자』

김송배(시인, 한국문인협회 전 부이사장)

1. 삶과 세월의 동행, 그 행간에서

현대시의 창작 동기나 발상은 삶을 영위하는 과정에서 우리 인간들이 간직한 오관(五官–眼耳鼻舌身)을 통해 생성하는 현재의 감각이 어쩌면 지금까지 살아온 체험이 재생하여 유사한 상황을 이루었거나 거기에서 회상된 이미지가 바로 시적으로 동기(motif)가 되어 새로운 진실의 세계를 창조하게 된다.

이러한 시적 동기는 소재와 주제 등의 기초적인 것을 포함해서 시창작의 출발점이 되고 여기에 직감적인 시인의 영감이나 지성적인 심리가 발현되어 한 편의 시를 창작하게 되는데 이때 시인은 예리하고 명민(明敏)한 시각으로 사물을 투명하게 관찰하면서 그들이 전해주는 경이로운 메시지를 오감(五感–視聽嗅

味觸)이 무언으로 전해준다.

여기 차경녀 시인이 상재하는 시집 『태양을 끌고 가는 여자』에서 포괄적으로 접할 수 있는 부분은 대체로 두 가지 관점에서 살펴보게 되는데 첫 번째로 삶이나 산다는 것, 인생과 세월 등에서 창출한 두려움, 죄송함 그리고 사랑의 언어가 시적으로 형상화하는 부분과 또 하나는 소록도, 석왕사근처, 단양팔경, 송추계곡, 을왕리 등의 어느 지역에 남아있는 체험과 소나기, 어머니, 단풍, 바람, 태양 등등의 현실적인 관념적 소재가 시적으로 화합하는 시법을 간과(看過)할 수 없게 하고 있다.

차경녀 시인은 우선 삶과 인생문제와 세월(시간성)을 동행하면서 그의 시적 감응으로 '나'와 화해하는 시법에 시선을 멈추게 하고 있다. 이는 먼저 자아(自我)를 인식하면서 존재의 근원이나 삶의 지향점을 탐색하는 그의 지적인 이미지의 창출에서 명징(明澄)한 인생관을 확인하는 시적 진실을 이해하게 한다.

멈추면 쏟아질 거 같아 무작정 걸었다
처음엔 보도블록 위를 걸었어 나무 사이도 걷고
풀숲도 꽃길도 징검다리도 건너고 그러다 이른 곳이
나였어 거기 서 있는 내가 나를 불렀어

나무가 걷고 돌이 걷고 그렇게 세상이 걸어갔어
그 뒤로 내가 걸었지

삶이 죽음을 생각해
휠체어에 앉은 뒷모습 떨어지는 손 숙여지는 고개
그게 다였어 살아있는 자에게 뒷모습으로 생의 막을 내린다
죽은 자를 부르는 소리 목 터져라 부르는 소리 이제 마지막이리라

눈을 떴어
애달픈 것들을 그저 가슴 저밈으로
그리워한다는 것 생의 끝에서 무엇 하나 소원 아닌 게 없다
하지만 하지만 그것은 끝까지 묻어야 하는 후회다

피할 수 없을 땐 의지하는 거야

─「산다는 것은 세월을 견디는 거야」 전문

그는 보도블록이나 나무 사이 그리고 풀숲과 꽃길, 징검다리 등을 무작정 걷고 있다. 무엇을 위해서일까. 걷지 않거나 걷다가 멈추면 무엇인가 쏟아질 거 같은 위기의식이 팽배해 있다. 그 무엇이 바로 '나였어 거기 서 있는 내가 나를 불렀'기 때문이다. 모든 세상 만물과 '나'는 동행하고 있다.

왜 그랬을까. 바로 '삶이 죽음을 생각한다'는 어조(語調)의 단정적인 그의 사유(思惟)가 생사의 분기점에서 잠깐 방황하고 있다. 그는 '그게 다였어'라고 체념하면서 산다는 것과 살아있는 자에 대한 '생의 마지막'을 예감하는 몽상(夢想) 같은 것이 그의

뇌리(腦裏)에서 떠나지 않고 있는 것이다.

그러나 그는 비로소 늦게나마 '눈을 떴어' 거기에는 애달픔과 그리움이 가슴을 저미고 있었으나 '생의 끝'에서 그는 문득 '소원'과 '후회'라는 심리적인 변한을 발견하게 된다. 이러한 현상들을 그는 '산다는 것은 세월을 견디는 거야' 그리고 '피할 수 없을 땐 의지하는 거야'라고 긍정의 메시지를 우리들에게 전해주고 있다.

어느 날
삶을 잘라내고픈 것이
어린 시절 짝사랑처럼 묻혔지만
지금에 와서 헛살았다고 기억을 비벼댄들

알고 사나 누구는
삶은 누구에게나 처음이고
매일 낯선 것을
이젠 행복을 찾기보다

빈 잔 들고 기다릴 때
누군가
잔을 채우는
그것으로 족하다

—「동창회」 중에서

차경녀 시인은 다시 어느 날 '동창회'에 참석했다가 '삶을 잘라내고픈' 서글픈 상념에 잠긴다. 그러나 이것은 '세월'과 '살아 준 것'의 화해에서 그는 고마움을 생각하게 한다. 그는 헛살았다는 기억을 지금에 와서 상기해 보지만 그는 삶의 행로를 누구나 처음 경험하는 시점에서 '이젠 행복을 찾기보다//빈 잔 들고 기다릴 때/누군가/잔을 채우는/그것으로 족하다'는 결론으로 삶에 대한 기다림의 이미지가 확연해지고 있는 것이다.

그는 이러한 삶의 환경이나 여건에서 '오늘도 저리고 아린 발걸음에/이 순간/살아내야 하는 노동/가물은 몸에서 뿜어 나오는 눈물을/다시 받아낸다/누구도 함께 할 수 없는/지금 살아내야 한다(「노동」 중에서)'거나 '살고 싶었다 살아내고 싶었다/누구의 잘못은 아니지만/삶이 통째로 무기징역이다(「소록도」 중에서)'라는 등의 어조로 살아가는 현장을 그의 혜안으로 접맥(接脈)한 이미지들이 삶으로 형상화하고 있는 것이다.

2. '두려움'과 현실에서의 시적 사회성

차경녀 시인은 이와 같은 삶(혹은 인생)에서 약간 충격적인 실재(實在)의 상황에서 당황하면서도 비평적인 시혼(詩魂)을 발현하고 있다. 가령 작품 「두려움」 전문에서 '그림자는 어둠이다/아직 개짓는 소리가 들리고/설익은 별들이 나뭇가지에 서성인다/사방이 산으로 둘러싸인 불 꺼진 인가 몇 채//허벅지를 타고 오르는 차가움은/앙상한 가지에 새순이 돋는 거겠지/손가락조차 보이지 않는 그림자 품에서/숨조차 신호 대기 한다'는 시적 정황(情況-situation)은 그가 현실 인식에서 무엇인가 상당한 갈등요소가 내재되어 있음을 암시하고 있다.

그는 이것을 두렵다고 표현하고 있다. 나뭇가지에 걸려서 서성이는 별이나 깊은 산 속에서 불이 꺼져있는 인가 몇 채 등이 그의 심저(心底)에는 우리가 갈구(渴求)하는 인생론이나 가치관을 벗어나 비인도적인 행태에서 두려움을 감지하고 있는 것이다.

그리고 빈 화분으로 와야 한다
애초에 화분 속엔 씨앗이 없다
욕심껏 뿌린 씨앗으로 꽃을 피웠으니
그것은 내 것이 아니다
빛을 발하는 꽃 속에 숨어있는
찢겨진 시간을 보라

힘이 있는 자는 죽어야 한다
힘을 가지기 위해 가난한 자를 짓밟는 자
힘을 가지고 남을 넘어트리는 자
힘을 뱉어 수많은 사람들을 우롱하는 자
그들의 화분은 독초로 만발해 있다
세상은 온통 힘으로 넘쳐나
여기저기 갑질로 터져 나온다

힘은 나누는 것이다
힘 있는 자가 힘을 숨기고 죽는 순간에
많은 사람들에게 힘이 다시 태어난다
남을 섬김으로, 배려함으로
힘의 부활이 일어난다

―「상투적 언어」 전문

그렇다. 우리들이 보편성을 띤 상투적인 말로 나누는 대화에서 직감적으로 흡인할 수 있는 언어가 '힘'이다. 이 힘은 가진 자 또는 있는 자의 횡포가 포괄하는 어떤 무기와 같은 능력을 가지게 되는데 이를 차경녀 시인은 '화분의 독초'라고 비유하고 있다. 그래서 '가난한 자를 짓밟'거나 '남을 넘어트리거나' 또는 수많은 사람들을 우롱하는 행패를 자행하여 우리 사회를 어지럽히는 현상을 좌시(坐視)하지 못하는 정의감이 이미지로 투영되고 있다.

그가 '세상은 온통 힘으로 넘쳐나/여기저기 갑질로 터져 나온다'는 현실적인 고뇌가 작품으로 승화할 때 이를 문학의 사회성이라고 한다. 인간들은 어쩔 수 없이 고립된 상태에서 생활할 수 없기 때문에 상호 교류하고 집단으로 사회를 형성하게 되는데 우리 시인들의 작품도 이러한 사회를 떠나지 못한다.

그러나 여기에서 발생하는 다변적인 상황들이 우리들의 진

정어린 순수한 생활이 모순되거나 불합리 등에서 갈등과 스트레스가 노출되는 시적 경향을 많이 대하게 된다. 이런 점에서 차경녀 시인도 이와 같은 현실을 간과하지 못하고 상투적인 형태에 불과하지만 이를 '힘은 나누는 것이다/힘 있는 자가 힘을 숨기고 죽는 순간에/많은 사람들에게 힘이 다시 태어난다'는 어조로 시의 기능으로서의 교훈적인 메시지를 전해주고 있다.

우린 때론 가난해야 한다 가난한 자가 더 가난해지든지
부자가 가난해지든지 소위 중산층이 가난해지든지
가난은 불편한 것뿐이라고 우아한 말로 위로하는 자는 더 가난해져야 한다

너는 때론 넘어져야 한다 아이가 넘어지는 것보다 자주 넘어져야 한다
절룩거리는 인생보다 더 넘어져야 한다
일곱 번 넘어져도 여덟 번째 일어난다는 고상한 말도 넘어져야 한다

너와 나는 때론 병들어야 한다
병이 나서 병든 자보다 가난해서 병든 자보다
넘어져서 병든 자보다 더 많이 병들어야 한다

–「날고 싶다」 전문

차경녀 시인은 이러한 사회적인 병폐나 불안, 위기감에서 벗

어나 올바른 정서와 생활방식으로 인생을 구가(謳歌)해야 할 세상과 인간들이 오로지 자신의 영달과 합리화를 위해서 자행(恣行)하는 과욕(過慾)을 질타하는 시법을 다양하게 응용하고 있다.

그는 부자나 가난한 자 또는 중산층 모두 '더 가난해져야 한다'라고 역설적으로 어조를 높인다. '절룩거리는 인생보다 넘어져야'하는 무리도 있다. 그래서 그는 결론적으로 '너와 나는 때론 병들어야 한다/병이 나서 병든 자보다 가난해서 병든 자보다/넘어져서 병든 자보다 더 많이 병들어야 한다'라고 우리 모두의 그릇된 사고방식을 채찍질하면서 '날고 싶다'는 변혁의 희구(希求)를 갈망하고 있어서 시의 사회성의 실감이 우리들을 공감 영력으로 통쾌하게 끌어들이고 있다.

그는 다시 작품 「장마」 중에서 '또 하나의 창문을 닫는다/돈 사랑 배신 분노 기쁨 죽음/뼛속까지 물든 우울을 힘껏 밀었다'거나 작품 「나누어 살기」 중에서도 '제 이름으로 된 통장 하나 없어도/찢어진 주머니 사이로 손을 잡고/클랙슨 소리보다 더 큰 웃음으로/존재에 대한 풍요로움을/우리들의 빈 주머니로/화끈하게 털어낸다'는 사회적 현실문제에 그의 사유는 머물고 있다.

일찍이 문학비평가 매슈 아널드는 '시란 본질적으로 인생 비평'이라고 했다. 또한 '시는 인간의 가장 완벽한 이야기 속에서 진리를 말할 수 있다'라는 말에서 우리는 시와 시사성(時事性)의 상관성을 이해하게 되는데 차경녀 시인은 이러한 시사적인 현실문제에 민감하게 작용하고 있는 것이다.

우리 시에는 이러한 시사성을 저항시 또는 참여시, 민중시 등의 이름으로 한때 성행한 적이 있었는데 일제 침략기에는 애국적인 저항시, 4·19학생혁명 소용돌이에서는 사회 참여적인 시사성으로 발현되고 있으며 그 후 노동시, 정치참여시 민중시 등으로 우리 시단에서 그 경향을 살필 수가 있었다.

이러한 시적 경향은 단순한 사회적인 불만과 불평이 아니라 어떻게 하면 이런 모순의 갈등을 해소하고 시와 인간과 나아가서는 사회 현실과 화해할 것인가라는 시 정신에 그 기저(基底)를 두고 있는 것이다.

3. 시간과 사계(四季)의 자연 섭리의 순응

차경녀 시인은 하루 동안 전개되는 시간성과 일 년 동안 자연 섭리에 따라서 변화하는 계절적인 시간성에 민감한 사유를 투영하여 우리 인간들과 밀접한 이미지들을 창출하고 있어서 주목하게 된다.

옛날 공자의 말씀 중에 하루의 계획은 새벽에 있고 일 년의 계획은 봄에 있다(一日之計 在於寅 一年之計 在於春)는 말과 같이 하루의 생활은 새벽부터 시작하는 시간관념이 철저하다.

텔레비전 채널을 돌리고 있다

A ———————— Ω

막힌 가슴으로 책도 읽는다

거울 속에서 붉어지는 눈

머리를 감고 옷을 입었다

떠나기로 했다

정확히 말하면 떠밀려갔다

불빛에 손목 잡힌 어둠과

넓어진 도로를 천천히 달려도

지나간 세월은 반 토막이다

길을 잃은 길에서

멈추어버린 가슴

텅 빈 도로에 떨어진 가난한 추억

―「새벽 세 시」 전문

그는 '새벽 세 시'부터 하루 일과를 시작한다. 텔레비전을 보다가 책을 읽다가 출근을 하지만(그는 '떠나기로 했다/정확히 말하면 떠밀려갔다'고 말한다.) 어둠 속 도로를 달리고 있다. 그러나 거기에 투영되는 것은 '지나간 세월은 반 토막이다'라는 어조로 새벽의 여운을 토로하고 있다.

그의 '새벽 세 시'는 그의 상념에서 다시 상기되는 것은 '텅 빈 도로에 떨어진 가난한 추억' 뿐이다. 그의 이 추억에는 '길을 잃은 길에서/멈추어버린 가슴'의 허전하고 고독한 삶의 흔적을 되뇌고 있다.

이러하듯이 그의 시간은 일찍이 플라톤의 말처럼 미래영겁(永劫)의 환영으로 어떤 환영의 메시지가 그의 사유에서 벗어나지 못하고 있다. 새벽은 남모르게 수줍고 차가운 바다에서 태어난 금은빛 여신이라는 어느 시인의 시와 같이 새벽의 시간성과 시인의 화해가 남다르게 형상화하고 있음을 이해할 수 있을 것이다.

그는 작품 「하루」 중에서도 '집과–직장', '출근–퇴근', '생각–현실', '오만–자학' 그리고 '가면–존중'이라는 현실과 사유의 중간 지점에서 화합하거나 상호 이완(弛緩)하는 갈등의 요소들이 잘 나타나고 있는데 이를 그는 '시(詩)/꽃무늬 블라우스에 몸빼바지 입었네'라고 '하루'를 응축시키고 있다.

동서남북 마음껏 흘렀더라
꽃향기 담고 새 발짝 적시며
돌고 돌은 세상

남을 위해 모습도 없이
견뎌온 시간 봄 선물이라도 주듯

보들보들한 싹 내 밀어내고

내리치는 빛을 피해
바삭이는 가을 그대 살갗에 꿈을 묻히고
켜켜이 쌓이는 찬 이슬로 스미네

비바람 홀로 맞으며
이파리 끝에 대롱대롱 매달린 여름
사느냐 죽느냐 두려움에 떨었더라

꽃등 시리게 조여 드는 겨울
아침꾼 되어 이 모양 저 모양으로
단단히 움켜잡고

다시 졸졸
흐르는 봄을 따라
돌아간다

–「얼음이 되기 전에」 전문

차경녀 시인은 이제 하루에서 벗어나 일 년의 이미지를 잔잔한 화폭에 투영하고 있다. 사계의 변화무쌍한 섭리에서 추출하는 이미지는 다채롭다. 봄과 여름 그리고 가을과 겨울의 '돌고 도는 세상'의 다양한 형상에서 그는 우선 봄을 '남을 위해 모습도 없이/견뎌온 시간'의 선물로, 여름은 '사느냐 죽느냐 두려움에 떨'면서 '이파리 끝에 대롱대롱 매달린' 형상으로, 가을은 '그대 살갗에 꿈을 묻히고/켜켜이 쌓이는 찬 이슬로' 그리고 겨울은 '이 모양 저 모양으로/단단히 움켜잡고' 다시 봄을 기다리는 자연섭리의 순응이 서정적으로 현현되고 있다.

이러한 시간성은 만유(萬有)의 생물들이 '얼음이 되기 전에' 생명을 유지하는 과정에서 사계절의 순환적인 의미를 통한 인간들의 인내와 생사에 대한 깊은 성찰의 이미지를 투영하고 있어서 이 세상 살아있는 모든 것들의 희비(喜悲)가 거기에서 생성하고 소멸하는 철리(哲理)를 이해하게 한다.

그는 이처럼 시간(혹은 세월)에 대한 현장에서 감응하는 현실적인 상황은 다음과 같이 나타나고 있어서 그의 시간성과의 화합은 생활 속의 깊은 정감작인 시적 진실로 명징하게 발현되고 있는 이미지와 메시지를 동시에 적시하고 있다.

–서릿발 시린 계절이 수없이 지나가고/푸른 솔가지 사이로 더미구름 비늘구름 양떼구름이/은백으로 피어나면/흥분한 먹구름이 시샘하여 욱지르다/천둥번개로 미물(微物)을 휘두른 후 고요를 찾는다(「불두화」 중에서)

–어젯밤 무슨 일이 있었냐고요/지나온 세월 버거워서 왔냐고요/아님 그리움에 끝을 자르기 위해서/파도타기를 하는 수백만 마리의 새떼/작은 깃털 달고 함께 달려보고 싶습니다(「꽃지 해수욕장」 중에서)

–세상을 빠져나가는 일은 아주 쉽습니다/분주했던 힘들었던 속상했던/아지랑이처럼 팔랑거리는 시간들/꼬깃꼬깃 속주머니 속에 넣어 둔 천 원짜리처럼/잊어버렸습니다(「일터」 중에서)

–이 맑은 오후 봄날에/듣고 싶은 소리를/찾아줘!(「소리」 중에서)

4. '복사골 어머니'와 모정의 사랑학

차경녀 시인에게서 깊게 천착할 수 있는 시적 제재는 어머니에 대한 사랑의 메시지가 감동적이다. 그는 '어느 날엔가 먼 길 다니시던 아버지와 동네 품앗이로 받은/어머니의 대가로 붉은 머리 올린 기와집//뒷마당 물 한바가지 먹어야 나오는 우물펌프는/쇳내가 나고 빡빡해 어머니는 서울 고모 집만 다녀오시면/수돗물은 미끈미끈해서 얼굴도 하얘지고 때도 잘 빠진다고/뒤뜰이 고향인 우물은 더 붉게 고개 숙였지(「멀어지는 기억」 중에서)'라는 그의 사유에는 모정(母情)에 대한 사무침이 더욱 짙게 부각(浮刻)되고 있다.

이처럼 그는 사모곡을 되돌리면서 안타까움과 동시에 그리움의 사랑학을 시적으로 형상화하고 있는데 일찍이 김남조 시인은 '어머니! 이렇게 부르면 지체 없이 격렬한 전류가 온다, 아픈 전기이다, 아프고 뜨겁고 견딜 수 없는 전기이다'라고 그의 글 「그 먼 길의 달빛」에서 말했듯이 어머니에 대한 사랑의 깊이는 누구도 함부로 측량하기가 어렵다.

몇 가지 안 되는 옷이 삐딱한 장롱 안에
취업대기자로 있다
수년째 노래 교실을 다니시는 팔순의 어머니는
순댓국 네 그릇 값이 아까워 자주 목청을 닫는다

잊혀진 피난둥이
난리에 고국도 아닌 타국에서 태어나
늙어가는 고향을 외출로 삼고
배가 고파 물로 허기를 채웠다
배불러 죽겠다는 기억상실증의 오늘을 살며
허리 어깨 무릎 발 무릎 발
개사한 아이들의 동요는 어머니에겐
극심한 관절통이다

올 추석 명절 장롱을 열어보고는
저 옷들을 입을 일이 없네

명절이 지나면 외출을 해야겠다고
불확실한 생각을 입고 있는
엄마 우리 엄마

—「외출」 전문

그는 현실적으로 당면한 '엄마 우리 엄마'는 '수년째 노래 교실을 다니시는 팔순의 어머니'이며 '기억상실증의 오늘을 살며/허리 어깨 무릎 발 무릎 발/개사한 아이들의 동요는 어머니에겐/극심한 관절통'의 고초(苦楚)를 겪고 있는 노년의 실상에서 그가 감당하는 영육(靈肉)의 번민은 크게 시적으로 작용하고 있다.

다시 '올 추석 명절 장롱을 열어보고는/저 옷들을 입을 일이 없네'라는 단념적인 어조에서 그의 모정은 극치에 이른다. 그러나 '명절이 지나면 외출을 해야겠다고/불확실한 생각'을 어머니의 생각으로 대치하는 '외출'의 주제는 그의 시심이 효심(孝心)으로 전환하는 시적 전개라고 할 수 있을 것이다.

또한 그는 어머니에게 '죄송합니다'를 연발하면서 모정에 대한 사념(思念)의 이미지를 분사(噴射)하고 있다. '엄마 인생이 얇은 시멘트 위로 뚫고 나와/검붉은 띠를 두른다'거나 '찬바람도 문을 열려 애쓰는데/엄마는 아직도 발소리조차 들리지 않는다(「죄송합니다」 중에서)'라는 죄송하고 송구스러운 마음을 들려주고 있는 것이다.

오월의 간이역에 당신이 내리던 날

목숨 다한 꽃의 비상 잠시 빛나는 그 모습

한평생을 바라보던 당신에게로

이제 고개 들어 마주합니다

바람으로 가득 찬 내 사랑
까칠한 나무피를 벗겨낸 자리에
복사꽃 속에 숨은 이름 엉엉 빠지는 그리움에
무작정 용서했던 기억만으로 당신에게 나는 갑니다

한 줄 흔적도 없는 삶을 왜 그리 분주하고
힘들게 밟아 왔는지 당신은 알면서도
그냥 이 계절 한창 피어오르면 되는 것을
그러다 놀란 듯 떨어지면 되는 것을

오랜 세월 혼수상태 된 희망
그 속에서도 붉은 등으로 우뚝 서서
환한 살빛을 쏘아대는 당신은 풍성한 표적입니다

사랑하라고 사랑하라고
떠나기 전에 사랑하라고
바람에 순종하는 문풍지처럼
오늘은 복사꽃 바람이고 싶습니다

–「복사꽃 어머니」 전문

그는 이 작품에서는 '복사꽃 어머니=당신'이라는 의인법으로 시를 구성하여 전개하고 있는데 이 의인화는 인간 이외의 사물을 인간에다 비유하고 인간의 사고와 생활에 적용시킴으로써 어떤 상황의 실감을 만들어내는 수사법이다. 차경녀 시인은 복사꽃을 어머니로 변환시키고 그를 '당신'이라는 인칭대명사를 대입해서 작품을 창작하고 있어서 사물(복사꽃)을 인격화하는 시법으로 많이 활용하고 있다.

그는 '오월의 간이역에 당신이 내리던 날/목숨 다한 꽃의 비상 잠시 빛나는 그 모습/한평생을 바라보던 당신에게로/이제 고개 들어 마주합니다'라는 상황 설정에서부터 당신에 대한 '무작정 용서했던 기억'의 그리움을 재생하고 있다.

그리고 '한 줄 흔적도 없는 삶을 왜 그리 분주하고/힘들게 밟아 왔는지 당신'에 대한 회상이 '오랜 세월 혼수상태 된 희망'으로 변환하고 있어서 그가 창출하려는 모정의 실체는 바로 마지막 연에서 적시한 '사랑하라 사랑하라/떠나기 전에 사랑하라' 이다. 그러나 그는 '바람에 순종하는 문풍지처럼/오늘은 복사꽃 바람이고 싶습니다'라는 기원의 의지를 표명하면서 우리들의 공감을 유로하고 있는 것이다.

이밖에도 '너'라는 이인칭대명사를 화자(話者-persona)로 등장시켜서 사물을 의인화(작품 「단풍」 등)하지만 작품 「사랑앓이」 「생각이 잠들지 않는 날」 등에서는 '너를 그리다 너를 사랑하다/벙그러진 조약돌/길 잃은 눈동자가 밟힌다' 또는 '뜨거운 찻잔을 기다림으로 만지며/서투른 삶의 걸음으로/비틀거렸던 너'라고 직접적인 관념 언어로 '너'를 통해서 시적인 진솔한 대화를 교감하고 있다.

이제 차경녀 시집 『태양을 끌고 가는 여자』에서의 중요하게 어필하는 대목은 삶과 사랑의 복합적인 동행에서 지적인 혜안으로 통찰(通察)한 인본주의(humanism)적인 진실의 탐구를 정리해야겠다. 이 시집의 표제시가 되는 「바람이 달다 태양을 끌고 가다」 전문에서는 다음과 같이 사랑과 이별의 대칭적인 개념의 실생활(real life)이 그의 내면에서 아직도 용암으로 이글거리고 있음을 엿보게 한다.

너를 비운 만큼 세상이 들어오는 거야
어떻게 살아야 하는지 알게 되는 것이지
너로 인해 가려졌던 다른 소리 다른 길
다른 기쁨 다른 슬픔 다른 사랑

힘이 들면 숨만 쉬자
이별 후 존재하는 과거 나를 털어버린 여자
구토 너무 먹었다
심장에서 웃는 땀방울

그는 자아의 인식에서 세월이 용해하는 삶의 향방과 현실적인 모순 그리고 자연섭리의 순응 등이 결국 생명의 모태인 모정의 사랑학까지 연결된 시법을 구사했지만 아직도 '너'를 통해서 인식하게 된 비유는 세상과 어떻게 살 것인가 또는 기쁨과 슬픔 그리고 사랑 등이 그의 영육에서 숭엄(崇嚴)한 내면세계

곧 시 정신으로 활화산처럼 타오르는 데 그는 이별과 존재라는 상충된 영역의 이미지를 시적으로 그 화해의 해법을 탐지(探知)하고 있는 것이다.

차경녀 시인의 괄목(刮目)할만한 예지(叡智)가 충만한 시적 비유는 직면한 현실과 정신세계의 융합으로 참다운 진실을 창조하려는 염원이 곧 그의 인생관임을 확인하게 되었다는 점에서 그의 시세계에 찬사를 보낸다. 시집 발간을 축하한다.